상하이에 두고 온 사람들

도서출판 아시아에서는 《바이링궐 에디션 한국 대표 소설》을 기획하여 한국의 우수한 문학을 주제별로 엄선해 국내외 독자들에게 소개합니다. 이 기획은 국내외 우수한 번역가들이 참여하여 원작의 품격을 최대한 살렸습니다. 문학을 통해 아시아의 정체성과 가치를 살피는 데 주력해 온 도서출판 아시아는 한국인의 삶을 넓고 깊게 이해하는 데 이 기획이 기여하기를 기대합니다.

Asia Publishers presents some of the very best modern Korean literature to readers worldwide through its new Korean literature series 〈Bilingual Edition Modern Korean Literature〉. We are proud and happy to offer it in the most authoritative translation by renowned translators of Korean literature. We hope that this series helps to build solid bridges between citizens of the world and Koreans through a rich in-depth understanding of Korea.

바이링궐 에디션 한국 대표 소설 047

Bi-lingual Edition Modern Korean Literature 047

People I Left in Shanghai

공선옥
상하이에 두고 온 사람들

Gong Sun-ok

ASIA
PUBLISHERS

Contents

상하이에 두고 온 사람들

People I Left in Shanghai

인천발 상해행 막비행기를 타고 푸동공항에 내리니 사방이 어둠에 잠겨 있었다. 인천공항에서 알아봤던 대로 버스를 타고 룽양루라는 첫 번째 정거장에 내리니 민박집에서 봉고차를 가지고 마중을 나와 있었다. 마중 나온 사람은 20대의 왠지 불량해 보이는 인상의 한국인 남자였는데 그는 나를 민박집에 데려다만 주고 숙박비만 받아 챙긴 뒤에 어디론가 가버렸다. 민박집, 연인별장은 인천공항에서 부랴부랴 인터넷으로 찾은 숙박업소였다. 정식으로 허가를 받고 하는지는 모르겠으나, 민박집이 아파트라는 사실이 왠지 낯설었다. 연인별장엔 심양에서 왔다는 경상도 억양이 조금 섞인 이북 말

I flew to Shanghai on the last plane from Incheon. When I landed at the Shanghai Pudong International Airport, the city was submerged in darkness. I took a bus, got off at the first stop, Longyanglu Station. A young, mid-twenties Korean man was waiting for me with a van. He had come from the homestay house where I had made a reservation. This rather nasty looking man took me to the homestay house, collected lodging charges, and then disappeared.

My hasty online search at the Incheon Airport had turned up this place, the "Lovers Villa." It may have been a legitimate business with an official permit,

투의 조선족 여자 혼자 있었다. 성수기가 아니라서 손님이 없는 모양이었다. 여자는 내가 묻지도 않았는데, 대뜸 말을 건넸다.

"우리 할아버지 고향이 경상도라요. 경상도 안동."

여자가 은근히 친근하게 굴고 싶어 한다는 것을 느꼈으나 반응하고 싶지 않았다. 나는 피곤했다. 여자와 대화를 나누기보다 잠을 먼저 자고 싶었다. 내가 짐정리를 하고 있을 때 여자가 방바닥에 떨어져 있는 내 여권을 주워 들여다보며 말했다.

"나랑 성이 같네요?"

성이 같다는 여자의 말에 나도 반짝 반가와 했다. 손님의 여권을 들여다보는 여자의 행동에 조금은 불편함이 느껴지기도 했지만 성이 같다고 활짝 웃는 사람한테 불편한 내색을 할 수는 없는 노릇이었다. 고국에서 온 사람이라는 것만으로도 반가운데 거기다 같은 성씨를 쓰는 사람인 것이 왜 안 반갑겠는가. 그러나 내가 반응을 보인 것이 잘못되었던 것일까. 여자가 미적미적하며 방을 나가려 하지 않았다.

"무슨 하실 말씀이라도?"

"아, 아니라요, 물은 거실에 정수기에 있고 냉장고에

but I found it strange that the homestay house was an apartment. A Chinese woman of Korean descent greeted me at the door. She used a North Korean dialect mixed with a Gyeongsang-do accent. She introduced herself as having come from Shenyang. She seemed to be the only person in the Lovers Villa. There was no trace of guests other than myself. It was the offseason, though. The woman offered more information about herself, saying, "My grandfather was from Gyeongsang-do—Andong, Gyeongsang Province."

I could feel that she wanted to be friends with me, but I didn't feel like bothering. I was tired. Rather than talking with her, I wanted to sleep. While I was unpacking, she lingered in my room and picked up my passport from off the floor. "Your surname is the same as mine!" She exclaimed.

I pretended to be glad, although I found her prying into her customer's personal belongings grating. I couldn't act displeased, though, not toward a person who was so happy over something as little as a shared surname. She looked like someone who'd get excited just to meet someone from her home country. So why wouldn't she be

11

과일 있으니 맘대로 꺼내 드시라요. 아, 뭐 그리고 나한테 부탁할 것 있으면 하시라요."

나는 내가 여자한테 부탁할 것이 뭐가 있을까 잠깐 생각했다. 그러다가 문득 그 부탁을 했다.

"아주머니, 혹시 항주 가는 표를 어디서 끊어야 하나요?"

"항조우 가시게요? 걱정 마시라요, 내가 끊어줄테니까니."

내가 침대에 들어 막 잠이 들려는 순간이었다. 거실이 소란스러웠다.

"아니, 그러니까니 내 말은 고따우 것은 나는 모른다 이 말이야요. 중국이 사회주의 나라라고 생각하면 큰 오산이란 말임."

여자의 혀가 그러는지 내 귀에 그렇게 들리는지, 나는 여자가 말을 할 때 끝부분이 왠지 모르게 말아올려지는 느낌이 들었다.

"중국이 경제적으로는 자본주의 해도 정치적으로 사회주의 아닙니까. 아주머니."

"아 글쎄, 나는 모른다 말임. 아유, 세상이 어떤 세상인데 안즉도 사회주의 찾는 사람이 다 있나 그래. 돈만

this happy to meet someone with the same sur-
name as hers as well? Nevertheless, I probably
shouldn't have responded. She continued to linger
in my room.

"I'm sorry. Is there something else you need to
tell me?" I asked.

"No, no. There's purified water in the living room
and fruit in the refrigerator. You're welcome to
help yourself. And, oh, let me know if you need
help with anything," she said.

I thought for a moment. Then, I asked, "Auntie,
do you know where I could get a ticket to Hang-
zhou?"

"You want to go to Hangzhou?" the woman
smiled, wide and eager. "Don't worry. I'll get you a
ticket."

After she left I went straight to bed and tried to
fall asleep. I was about to, when I heard some
commotion from the living room.

"No, listen carefully! I have nothing to do with
this. You're mistaken, if you think China is a social-
ist country." It was the woman's voice. Her voice
sounded different. I wasn't sure if it was her or me,
but it seemed like she was rolling up the ends of

벌면 장땡이지. 민박집에 와서 그깟 놈의 사회주의는
왜 찾느냔 말임."

"알았습니다, 제가 잘못했소이다."

여자 혼자 있는 줄 알았는데 그게 아닌 모양이었다.
나는 입술 끝으로 한번 발음해 보았다. 사 회 주 의. 오
래전에 헤어진 애인의 이름 같은 그 단어를 잊고 산 지
오래되었다, 라는 생각이 얼핏 들었고 슬몃 쓴웃음이
나왔다. 불을 껐지만 커튼이 쳐지지 않아서 베란다의
대형 유리창을 통해 앞 동의 불빛이 통째로 방 안으로
들어오고 있었다. 이불을 머리끝까지 뒤집어썼으나, 피
로감에도 불구하고 잠이 말짱하게 달아나버렸다. 목이
말랐으나 참는 데까지 참아보자 하고 그대로 침대에 누
워 있는데 노크 소리가 났다.

"아가씨, 안 자면 나와서 과일 드시라요."

거실로 나가니, 한 남자가 거실 바닥에 앉아 텔레비전
을 멍하니 쳐다보고 있었다. 필시 사회주의 발언을 했
다가 여자한테 공박을 당한 그 사람인 것 같았다. 나는
여자가 내온 수박을 한입 베어 물었다. 수박은 물은 많
은데 달지 않았다. 텔레비전에서는 무협물인지 중국 사
극인지, 한국에서도 케이블방송을 통해 익히 보아온 듯

her sentences.

Someone was asking her a question. "Isn't China politically a socialist country, even though, economically, it's a capitalist one, ma'am?"

"No. Whatever, I don't know. Geez, who still talks about socialism? Money is all that matters. Why the fuck are you talking about socialism at a homestay house anyways?"

"Okay okay. I'm sorry."

I thought I was the only other person in this house. I said the word "socialism" slowly and carefully: so-cial-ism. I realized it had been a while since I had heard that word. It was like hearing the name of an old lover. I smiled bitterly.

I'd turned off the light, but the room was still bright from the light of a nearby apartment building. I hadn't drawn the curtains, and so light was coming in through the large window facing the veranda. I pulled my blanket over my head. I was exhausted but I felt wide-awake. I was also thirsty, but I stayed in bed. I tried to stand it as long as I could when I heard a knock on my door.

"Miss, please come and have some fruit if you're still awake." It was the proprietress again.

In the living room, a man was sitting on the floor

한 드라마가 나오고 있었다. 나는 남자를 위해 수박을
절반쯤 남겨놓고 일어섰다. 텔레비전만 뚫어져라 쳐다
보고 있던 남자가 내 방으로 들어오는 내 뒤통수에 대
고 문득 물었다.

"뭐 타고 오셨습니까?"

"저요? 비행기, 남방항공 비행기 타고 왔는데요?"

"나는 배 타고 왔습니다."

"네에."

"석 달 동안 일해서 돈을 한 오십만 원 모았지요, 클클
클."

석 달 동안 돈 오십만 원을 모아서 중국 여행을 온 남
자는 남자라기보다는 노인이었다. 머리가 온통 하얗게
세고 온 얼굴엔 굵은 주름이 깊숙이 패였다. 한눈에 봐
도 그리 순탄한 인생을 살아온 사람은 아닌 형상이었
다. 아무려나, 우리는 그저 여행지의 민박집에 어쩌다
스친 인연에 불과할 터였다. 그러나 노인이 다시 내 발
목을 붙잡았다.

"괜찮으시다면, 술 한잔 하시렵니까?"

노인의 말투는 일견 깍듯하면서도 어쩐지 고어투가
묻어났다. 이태준 소설 「불우 선생」에 나오는 그 불우

and staring at the TV. He must have been the man who had mentioned socialism, only to be rebuffed by the homestay hostess. I took a bite of the watermelon the woman had brought. It was juicy, but not sweet. A drama was playing on the TV. I wasn't sure whether it was a martial arts drama or a Chinese historical drama, but it was something Korean cable TVs would also run. I left about half of the watermelon for the man and stood up. Before I could leave, though, the man, who had been quietly staring at the TV, suddenly turned to me and asked: "What did you take to get here?"

"Me? I flew, I flew on China Southern."

"I came by ship."

"Oh, yes?"

"I worked for three months and saved about five hundred thousand *won*." He laughed.

It turned out the man had had to work three months to come to China. He looked very old. His hair was completely white and his face was deeply wrinkled. At a glance, he looked like someone who had led an eventful life. He and I had just happened to have crossed paths at the same homestay house.

I got up to leave then but when I tried the old man held on to me. "How about a drink, if it's ok

17

선생을 연상시키는 바가 있다고나 할까. 나 대신 여자가 나서주었다.

"이 집은 민박집이지 술집이 아니란 말임."

노인이 힐끗 여자를 쏘아보는 듯했다.

"누가 당신한테 술 사달라 했습니까? 내가 사온 내 술 좀 마시자 이겁니다."

술을 마시고 싶다는 생각은 나지 않았다. 그러나 그렇다고 냉정하게 방으로 들어가 버릴 수도 없는 것이, 노인에게서 꼭 집어 말할 수는 없는 어떤 애절함의 기미가 느껴졌던 것이다. 민박집 여자의 좀 무례하다 싶은 태도도 나를 쉽게 방으로 들어가지 못하게 했다.

"아주머니, 많이는 안 마시고 조금만 마시고 들어갈게요."

노인이 입고 있던 조끼 속에서 흔히 배갈이라 불리는 작은 고량주병을 꺼냈다. 술만 꺼낸 게 아니라 땅콩도 꺼냈다. 오징어다리도 나왔다. 오징어다리는 언젯적 것인지 말라비틀어져 있었다. 여자는 소파에 앉아 노인이 하는 양과 텔레비전을 번갈아 바라보고 있었다. 아니다. 텔레비전을 바라보다가 노인 쪽을 힐끔거린다고 해야 옳을 것이다. 여자의 표정에 기가 차고 가소롭다는

with you, Miss?" he asked.

The old man spoke very politely and his vocabulary sounded somewhat antiquated. He reminded me of Mr. Misfortune in Yi Tae-jun's short story, "Mr. Misfortune." The woman came forward for me and said, "This is a homestay house, not a bar." The old man fired a sharp look at her and said, "Am I asking you to buy me a drink? I'm drinking wine that I paid for."

I didn't feel like drinking. But I couldn't just go back to my room. I felt it would be too cold. A kind of melancholy coming from the old man kept me from leaving. The woman's attitude also made me hesitate. I told her, "Auntie, we'll have just one drink."

The old man first took out a small kaoliang liquor bottle, and then peanuts and dried squid tentacles from his vest pocket. The squid tentacles were so old that they looked withered. The woman was on the sofa and looked at the old man and the TV at the same time. No, more accurately, she watched the TV and occasionally cast glances at the old man. You could see from expression how ridiculous she considered him. The old man seemed to be aware of this.

티가 역력했다. 노인도 여자의 표정을 의식하고 있는 것 같았다.

"아주머니, 안주가 좀 부실합니다. 뭐 서비스 좀 없습니까?"

"수박이 서비스란 말임. 그만하면 됐지 뭘 더 원합니까?"

노인은 구박 맞는 것에는 웬만큼 이력이 붙은 사람 같았다. 여자의 차가운 대꾸에도 아랑곳없이 주춤주춤 주방으로 가서 냉장고 문을 활짝 열어젖히고는 안주거리를 찾았다. 노인이 찾아온 것은 시들시들 말라가는 살구 같은 과일이었다. 여자가 픽 웃었다. 그러면서 혼잣말을 중얼거렸다.

"꼭 자신 닮은 것을 집어오누나."

과일은 살구 같기는 한데 살구는 아닌 것 같았다.

"아주머니 이 과일이 뭐예요?"

"비파도 모른단 말임?"

"비파요?"

그 다음은 묵묵부답, 텔레비전 리모컨만 돌려댄다. 여자는 내가 노인과 합석을 하게 된 것이 못마땅한 모양이었다. 손님이기는 나나 노인이나 한가진데 노인의 무

"I don't have enough side dishes, ma'am," he said. "Do you offer any complimentary snacks?"

"That watermelon was it. What more do you want?"

The old man seemed used to the abuse. Despite the woman's sharp reply, he went to the kitchen with faltering steps. He opened the refrigerator door wide, and looked for some more side dishes. He brought back some dried, withered fruit similar to apricots. The woman sneered, muttering under her breath, "He picks what he deserves."

The fruit looked a little different from an apricot, but similar too. I asked, "Auntie, what do you call this fruit?"

"You don't know loquats?"

"Loquats?"

She didn't answer that and kept pressing buttons on the remote. She didn't seem to like the fact that I had joined the old man. He and I were both guests, so what didn't she like about him? Was it because he mentioned socialism? The kaoliang liquor didn't taste that different from the liquor I was used to at Chinese restaurants in Korea. The old man downed the wine in one gulp and then ate an entire loquat.

엇이 여자 마음에 들지 않는 것일까. 그놈의 사회주의 발언 때문인가. 노인이 따라준 배갈은 한국의 중국집에서 먹어본 것과 다르지 않았다. 노인은 술을 홀짝 털어 넣은 다음 냉큼 비파를 까먹었다.

"아이, 맛있고나. 참 신기한 과실이로세."

여자가 실눈을 뜨고 노인을 쳐다보며 중얼거렸다. 한국엔 비파도 없누, 시시하게설랑. 여자가 뭐라고 하거나 말거나 노인이 허리를 곧추세우고 내게 물었다. 새로운 대화상대가 생긴 것을 여자한테 과시라도 하려는 듯이.

"중국엔 언제 오셨습니까?"

"지금요, 방금 왔습니다. 선생님은요?"

나는 노인에게 가장 무난하게 선생님이라고 호칭했다. 술을 연거푸 두 모금을 마시고 나자 노인의 얼굴에 금방 화색이 돌았다. 그래서일까, 아니면 내가 선생님이라고 불러서일까. 화색이 돈 표정이 자못 유장해 보이기까지 했다.

"나로 말할 것 같으면, 사흘 전에 왔소이다."

"여기 계속 머무르셨던가요?"

"그렇소이다. 사람을 기다리고 있었습지요."

"Delicious! What an interesting fruit!" the old man exclaimed.

The woman narrowed her eyes and muttered, "Are there no loquats in Korea? Ridiculous!"

Regardless of her words, the old man straightened up and asked me, as if he wanted to show off his new acquaintance, "So when did you come to China, Miss?"

"Just now, sir. And you?" I decided to use honorifics.

After a few more drinks, he looked bright and gentle. It could have been that I had used honorifics. His expression even looked calm, leisurely.

"I came three days ago, Miss," he answered.

"You've been staying here?"

"Yes, I've been waiting for someone."

The woman immediately interjected, "He insisted that he was waiting for a traveling companion."

"Well, I've met only Japanese and Westerners for three days. I'm so happy that I finally met someone from my home country today," the old man said.

"You only paid for one night, didn't you?" the woman responded to this. "I'm letting you stay just because I don't have many guests now. If it weren't for that, you'd be out of here right now!" The old

여자가 냉큼 끼어들었다.

"길동무를 기다린다나요?"

"허어, 사흘 내내 일인들하고 양인들만 만나고 오늘 처음 동족을 만나니 참으로 반갑소이다."

"나는 안즉 숙박비 하루치밖에 못 받았단 말임? 지끔은 그래도 손님이 없어 무탈하지, 안 그러면 국물도 없단 말입니다이?"

여자가 오금을 박듯 말했다.

"클클클, 그래도 동포는 역시 중국동포예요. 미국동포, 일본동포, 백번 친절해도 인정은 역시 중국동포거든요. 그것이 다아 사회주의를 경험하고 아니고의 차이일 수도 있지 않을까, 싶소이다만."

"영감님, 내가 수차에 걸쳐 내 의견을 개진해 드렸잖았습니까? 사회주의는 무슨 얼어죽을 사회주의냔 말임?"

"사회주의를 살아봐서 잘 모를 수도 있을 거란 말입니다. 자본주의 한국서 살아보면 금방 알지요."

"허얼!"

여자가 어이없는 웃음을 웃었다. 술은 금방 바닥났다. 내가 아직 한 잔도 못 비우고 있을 때 노인은 조끼 속에

man ignored her and laughed, "Koreans in China are the best. Koreans in America and Japan are nice, but Koreans in China are the kindest. I'm thinking it might have something to do with their exposure to socialism."

"Sir, how many times have I told you? Why do you keep mentioning 'socialism'? Socialism has nothing to do with us," the woman said.

"You may not know what that means because you're living it. You'd have known what I meant if you lived in capitalist Korea," the old man said.

"Goodness!" The woman laughed as if she was shocked. The kaoliang liquor went by fast. While I was still working on my first glass, the old man took another bottle out from his vest pocket.

"Excuse me for asking, but what are you doing, young lady?"

"I quit just, but I used to teach at a private institute," I replied.

"Oh? What did you teach?"

"I taught expository writing, sir." My response resembled his style of speech.

"Expository writing—so you mean you taught writing, right? So you must be a good writer. Miss, I'll tell you my stories so that you can write them."

25

서 또 한 병의 배갈을 꺼내고 있었다.

"초면에 신상조사를 해서 안 됐습니다만, 그래, 처자는 무얼 하시는 분입니까?"

"지금은 그만뒀지만 학원강사 했습니다."

"그래요? 학원에서 무얼 가르쳤습니까?"

"논술을 가르쳤습니다."

내 말투가 어느새 노인의 말투가 되어 있었다.

"논술이라, 논술이란 것이 글쓰기를 이르지요? 글쓰기를 가르치셨다면 글도 잘 쓰시는 분이겠구려. 작가선생, 내 이야기를 해줄테니, 글로 한번 써보시구려."

"작가는 아닙니다. 그냥 논술선생······"

"작가가 따로 있습니까? 글을 쓰면 작가지요. 하아, 내이야기를 어디서부터 시작해야 할지······"

배갈이 워낙 독한 술이어서인가, 노인이 점점 열정적으로 되어가고 있는 것과는 반대로 나는 조금씩 졸음이 밀려왔다.

"선생님, 저는 이만."

"일어설 때 일어서더라도 내 얘기 좀 들어보시오."

"아주머니가 들어주실 겁니다."

"저 아주머니는 내 말 안 듣습니다. 그저 한국 갈 꿈만

"I'm not a writer. I just taught—"

"Is someone born a writer? If you write, you're a writer. So, where should I begin...?"

Maybe because the kaoliang liquor was very strong, the old man was getting more and more excited, whereas I was beginning to feel sleepy.

"Sir, I have to..."

"Well, you can go whenever you want, but for now why don't you listen to my stories?"

"The lady here will listen to you, I hope."

"She doesn't listen to me. She just dreams about leaving for Korea. She believes, mistakenly, that she'll make a lot of money once she's there."

The woman overheard this and became indignant, "I don't think I can make money just by being there. I know I'll have to work hard. But I can save money if I work there for a few years. Then I can come back to China and live well. A nephew of mine in Shenyang made money in Korea, came back to open a Korean restaurant, and now he's the richest man in Shenyang."

"Don't idealize Korea, ma'am! There are many people like me in Korea, who live in Seoul Station."

Was this man homeless? I wondered. He slept in a subway station?

꾸시는 분이지요. 한국 가면 돈을 저절로 긁어모을 수
있다고 착각하는 게지요."

여자가 발딱 반발했다.

"저절로 긁어모을 수 있다고는 생각하지 않는단 말임.
돈 버는 데야 고생돼도 한국서 착실히 몇 년 고생하면
중국 와서 호강할 수 있다 그 말이지요. 심양 사는 내 조
카는 한국서 돈 벌어와 한국식당 열어가지고 지금 심양
갑부 됐단 말임."

"아주머니, 한국 좋아하지 마시오. 한국서도 나처럼,
서울역을 거처 삼는 사람이 한둘이 아니라오."

노인은 그럼, 서울역 노숙자인가.

"영감이야말로 중국 좋아하지 마시라요. 중국 사회주
의는 진작에 없어졌으니까니."

"나는 우리 아버님의 족적을 찾아온 사람이외다. 내가
중국 온 것은 내 필생의 처음이자 마지막 숙제를 푸는
것이라오. 그런 사람 너무 천대하지 마시오, 인정 많은
동포 아주머니."

대화상대가 민박집 여자로 바뀐 것을 기회로 나는 내
앞의 술잔을 마저 털어 넣고 비파 한 개를 집어들고 내
방으로 들어왔다. 침대에 누웠는데 눈앞이 빙글 돌았

28

"You should stop idealizing China! Socialism disappeared from China long time ago," she said.

"I came here to retrace my father's footsteps. This is my life's first and last mission. Don't look down on me because of that, kind-hearted madam!"

While they were arguing, I took that opportunity to leave. I finished my glass, picked up a loquat, and returned to my room. I felt dizzy when I lay down. I put the entire loquat in my mouth, skin and all. I could feel the sour juice between my teeth. It wasn't as delicious as I had expected when the woman had asked if there were no loquats in Korea. The old man must have had a talent for enjoying tasteless fruit. The noise from the living room penetrated my room as if there were no walls. I wiped my lips off with my blanket and decided that I would never stay in a homestay house in Shanghai again. Then I smiled at my childish resolution, and closed my eyes. I was extremely sleepy, but I couldn't fall asleep.

"I was born in 1936. When were you born, ma'am?" I could hear the old man say.

"How is that your business?"

"I'm sorry. Please go and sleep, ma'am."

I heard a door open and shut. The woman must

다. 나는 얼른 비파를 껍질째 입속으로 집어넣었다. 신 과즙이 조금 이빨 사이로 새어나왔다. 여자가 한국에는 비파도 없느냐고 뻐겼던 것에 비해 비파는 생각보다 맛이 없었다. 노인은 맛없는 과일을 참으로 맛있게 먹는 재주를 지닌 것 같았다. 거실의 소음은 그대로 방 안으로 밀려들어왔다. 나는 이불자락으로 입술을 훔치며 내 다시는 '상해의 민박집'에 들지 않으리라고 결심하며, 내 아이 같은 결심이 우스워서 혼자 비식 웃다가 그만 눈을 감았다. 졸음은 오는데, 잠을 잘 수가 없었다.

"내가 36년생이란 말입니다. 아주머니는 몇 년생이시오?"

"남의 출생연도 따져 무엇합니까?"

"실례했소이다. 아주머니도 들어가 주무시려면 주무시오."

문 여닫는 소리가 났다. 여자가 들어간 모양이었다. 뒤미처 캬아, 소리도 났다.

"아버님은 날 낳으시고 중국으로 갔소. 예난으로 갔소. 나는 예난을 모르오, 어머님이 말했소, 니 애비는 예난으로 갔다, 독립군 한다고 처자식 버리고 갔다. 예난에 간 아버님은 돌아오지 않았소. 내가 돈이 있을 때 중

have gone to her room. Soon I heard the sound of the old man clearing his throat.

"My father went to China after I was born. He went to Yenan. I don't know where Yenan is. My mother told me, your father went to Yenan to join the Independence Army, leaving us alone. My father never returned. When I had money, I couldn't go to China because China didn't allow it. When China finally allowed it, I didn't have the money. So I came to China with only five hundred thousand *won*. I came in formal attire. I would like to go to Yenan. But I don't know where to go." Then the old man cleared his throat again and began to cry. His drinking didn't sound as if it would end soon. He must have gotten used to drinking and talking to himself. It sounded like a habit of many years.

In the morning, the woman opened my door without knocking and woke me up. She said, "Miss Ahn, your breakfast is ready." She emphasized my surname. In the dining area, the old man sat at the table with a sullen expression on his face. I hoped that the woman would join, but she just set the table for us and went back to her room. The old man and I ate, sitting across from each other. I could feel that he wanted to talk to me, but I fixed my

국은 문을 안 열어줬다오, 중국이 문을 열어주니, 내가 돈이 없었소. 이제 나는 돈 오십만 원을 가지고 중국에 왔소, 양복에 구두 신고 왔소. 내 아버님 가신 예난을 가려고 하오, 그러나, 나는 예난을 모르오, 캬아, 흐흐흑."

노인의 음주는 쉽게 끝날 것 같지 않았다. 딱히 누구를 상대로 하지 않고 혼잣말을 곁들인 음주법은 노숙인 특유의 다년간에 걸쳐 숙달된 습관임에 틀림없었다.

아침에 여자가 노크도 없이 방문을 열고 나를 깨웠다.

"안씨 아가씨, 밥 먹으라요."

여자는 유독 안씨 아가씨라는 말에 힘을 주고 있었다. 내가 밥을 먹으러 나갔을 때 식탁에 노인이 시무룩히 앉아 있었다. 같이 앉았으면 좋으련만 여자는 밥만 차려주고 방 안으로 쏙 들어가버렸다. 노인과 나는 식탁에 마주앉아 아침밥을 먹었다. 노인이 말을 걸려고 하는 기미가 느껴지기는 했지만 그럴 때마다 나는 밥그릇 속으로 고개를 처박았다. 내가 고개를 들면 노인이 또 어젯밤의, 나로서는 왠지 목 뒷덜미께가 스멀스멀해지는 그 단어, 사회주의라는 단어를 입에 올릴 것만 같아서. 방 안에서 노인과 내가 밥 먹는 시간을 헤아리고 있었던 듯 여자가 불쑥 거실에 나타났다. 화장을 하고 새

eyes on my bowl of rice. I was afraid that if I raised my head, he would bring up that word again, the word that somehow gave me chills at the nape of my neck: socialism. As if deciding the old man and I had spent enough time alone in a room, the woman returned. She was wearing make-up now and new clothes. She looked quite different from the day before.

"Well? What do you think? Won't I look stylish? Even in Korea?" The collar on her jacket was covered in sparklets. In Korea, her jacket would have been considered gaudy, an entertainer's jacket. That somehow reminded me of her words the night before, that money was everything, in socialism or capitalism. But what's wrong with her choice in clothing? What should have mattered was that she liked it.

"Are you going out?" I asked.

"I'm going to get you a ticket," she replied. It was only then that I remembered that she had promised to get me a ticket to Hangzhou the night before. I was going to meet a younger friend, a Korean instructor at Nanjing University, in Hangzhou. I flew to Shanghai because I couldn't get a ticket to Nanjing. Because of this we also had to reverse our

옷을 입어놓으니 여자는 어제의 인상과는 딴판이었다.

"어때요, 이만하면 한국서도 퍽은 세련된 차림으로 쳐주지 않겠습니까?"

외출복은 별스럽게 앞섶에 반짝이 스팽글이 잔뜩 붙어 있는 옷이었다. 한국에서는 일종의 '업소용' 의상으로 여겨질 그런 옷이었다. 그 옷을 보자 어젯밤, 그녀가 사회주의, 자본주의고 간에 돈만 벌면 장땡이라고 했던 것이 생각났다. 업소용이면 어떤가, 입는 사람 맘이지.

"어디 가시게요?"

"표 끊어줄라꾸 하짐."

그제야 그녀가 어젯밤 항주 가는 표를 끊어주겠다고 했던 것이 생각났다. 항주에서 나는 남경대학에 한국어 강사로 와 있는 후배를 만나기로 되어 있었다. 급작스럽게 추진한 여행이었던지라 나는 남경행 비행기표를 구하지 못하고 상해로 왔다. 그래서 우리의 여행노선도 애초에 계획했던 정반대노선으로 바뀌긴 했지만 어쨌든, 나는 후배와의 여행에 가슴 부풀었던 것이 사실이었다. 나는 이번 여행을 통해 새롭게 마음을 정리하고 앞으로의 날들에 대한 구상을 차분히 할 생각이었다. 나는 너무 오래 실연의 아픈 늪 속에서 헤매었었다. 이

original travel course. Still I was really excited about my trip. The purpose of it was for me to clear my head and plan for the future. I had been wallowing too long in the painful swamp of love and disappointment. It was about time for me to get up and move on. I'd hoped that this trip would help me do that.

When the woman and I left the apartment, the old man hobbled out of his room as well. The woman looked completely taken aback. "I'm coming back after I get her ticket," she told him.

"That's okay. I had breakfast, so I thought I'd go out, too." Although he looked hesitant, he said this firmly.

The woman smiled and said, "You're planning to follow her, aren't you?"

"I'm going to Yenan," the old man said solemnly, fumbling his clumsily knotted necktie.

It was muggy outside. It was only June, but it felt like mid-summer in Korea. The sky was cloudy and the air was humid. The way the air stuck to my skin, it reminded me of how much farther south Shanghai was compared to Seoul. Shanghai was clearly in a subtropical region.

The early morning procession of cars, bicycles,

제 그만 툴툴 털고 일어날 때도 되었다. 이번 여행이 내가 툴툴 일어설 계기가 되어줄 것을 나는 바랐다. 내가 짐을 다 챙겨 여자와 함께 현관문을 나서고 있을 때 노인이 꾸역꾸역 노인 방에서 나오고 있었다. 여자가 화들짝 놀라며 물었다.

"이 손님 표 끊어주고 올 꺼인데."

"아닙니다. 아침밥도 먹었겠다, 저도 그만 나가야지요."

노인이 태도는 어물쩍하고 말투는 단호하게 말했다. 여자가 난데없이 픽 웃었다.

"이 손님 따라갈라 카지요?"

"나는 예난에 갑니다."

노인이 서툴게 맨 넥타이를 만지작거리며 엄숙하게 말했다.

날은 찌뿌둥했다. 6월인데도 상해는 한여름 같았다. 하늘은 흐리고 공기는 습기가 가득했다. 살갗에 달라붙는 공기의 감도에서 상해가 한국보다 훨씬 아랫녘이라는 사실이 실감났다. 아열대적 징후가 느껴졌다. 이른 아침, 차도에는 차와 자전거와 오토바이의 행렬이 장관이었다. 민박집 여자는 씩씩하게 앞장을 섰다. 남자와

and motorcycles was quite a spectacle. The woman led the way energetically. The old man and I trotted along after her. I decided not to bother about the old man. I would leave Shanghai as soon as I got a ticket to Hangzhou.

The woman entered what looked like a subway station, not a train station, for my ticket. When I got inside I saw that there was a long line at the ticket counter. "I can get a ticket here, right?" I asked her.

"We'll know when we get it."

"Thank you so much! I slept and ate well thanks to you." I gave her a formal thank you. I felt genuinely grateful for her help with the ticket. She stared at me. The old man also hovered nearby. Neither said anything and both looked at me expectantly. "Miss Ahn, could you do me a favor?" the woman said. She looked at me eagerly. The look on her face made my hair stand on end.

"Pardon me? A favor?"

"I'm doing you a favor, right? Why? Because we're fellow countrywomen. So please do your fellow countryman a favor in return, will you?"

"What do you want me to do? I'll decide after I know what it is."

"Miss Ahn, please invite me to Korea."

내가 여자를 쫄래쫄래 따라갔다. 나는 남자한테 신경을 쓰지 않기로 했다. 어차피 나는 항주 가는 표만 구해지면 곧바로 상해를 떠나버리면 그만일 것이었다. 여자가 표를 끊기 위해 들어간 역은 정식 기차역은 아니고 전철역 같았다. 매표소 입구에 사람들이 길게 줄을 서 있었다. 나는 여자 옆에 바짝 따라붙었다.

"아주머니, 표는 구할 수 있겠죠?"

"끊어봐야 알짐?"

"아주머니, 잠 잘 자고 밥 맛있게 먹고 갑니다."

나는 나를 위해 표까지 끊어주는 여자에게 정식으로 인사를 차렸다. 여자가 나를 빤히 바라보았다. 노인은 어떻게 할 속셈인지 알 수 없는 태도로 여자와 내 주변을 서성이고 있었다.

"안씨 아가씨, 내 부탁 하나만 들어줄라우?"

여자가 문득 간절한 눈빛을 보내왔다. 타인이 보내오는 간절한 눈빛. 머리끝이 쭈뼛 섰다.

"네? 부탁이라니요?"

"나도 아가씨 부탁 들어줬지 않았나 말임? 왜냐, 우린 동포니까. 아가씨도 동포 부탁 한번 들어주시라요, 네?"

"부탁이란 게 뭔데요? 일단 들어보구 결정할게요."

The line in front of me was half as long as when I joined it.

"What? How?"

"I went to Korea last year and got expelled at the airport. I paid eight million for a fake marriage with a Korean man, but he disappeared after collecting the money. I tried to call him at the airport, but he never picked up. I was kicked out right at the gates."

The old man had gone off and purchase some soft drinks for us. He opened one and handed it to her.

"Working at this homestay house is a waste of time. I earn one hundred forty thousand *won* a month from this job, but I heard that I could earn a million *won* a month doing the same thing in Korea. I'm really in a hurry. I have to pay back the eight million *won* I borrowed for the fake marriage. I'd like to find that guy who ran away with my money, too. Anyway, I have to make money. Miss Ahn, please do me this favor."

The line was getting shorter, and the woman was speaking faster and in familiar speech. I didn't know how I could bring her with me and what I would do after that. The shorter the line got, the

"안씨 아가씨, 나 한국으로 초청 좀 해줘."

그동안에 줄은 겨우 절반쯤으로 줄었다.

"네? 어떻게요?"

"내가 실은 작년에 한국에 갔다가 공항에서 쫓겨났어. 돈 800만 원이나 주고 한국 남자하고 위장 결혼을 했는데 남자가 돈만 먹고 날랐어, 공항에서 연락해도 안 돼. 그래서 다 갔다가 한국 입구에서 쫓겨났다니까."

노인이 음료수를 사가지고 왔다. 음료수를 툭 터서 나와 여자에게 내밀었다.

"내가 여기 민박집에 이러고 있는 게 시간이 아까와. 한 달 14만 원 받는데 한국에서 똑같은 시간 동안 똑같은 일 하면 100만 원은 준다 들었어. 아가씨, 나는 한시가 급해. 800만 원 빚진 거도 갚아야 하고 내 돈 먹고 달아난 남자도 찾아야 하고 하여간 돈 벌어야 해. 안씨 아가씨, 내 부탁 좀 들어줘."

줄은 점점 줄어들고 어느새 반말투로 바뀐 여자의 말은 점점 빨라지고 있었다. 나는 알 수 없었다. 여자를 어떻게 초청해야 하는지, 내가 여자를 초청해서 어떻게 해야 하는지, 초청해서 어떻게 한다 해도 그 뒤에는 또 어떻게 되는 건지. 줄이 줄어드는 속도에 맞추어 여자

40

more the woman's face flushed. She was getting anxious.

"You're an Ahn and I am an Ahn. I'm an Ahn from Sunheung. You can just say that you're inviting your relative. After I found out that you're an Ahn, I couldn't sleep at all last night. Finally, my relative came to me! Heaven's helping me! I thought. If you invite me, I'll pay you back, I promise! I'll make money and give it to you!"

Finally, we were at the window. I quickly gave the woman my money. Suddenly, the old man thrust his money at her, too, and said, "Hangzhou! Please get me a ticket to Hangzhou, too!"

"You're going to Hangzhou?" I asked.

"Yes, I'd like to go to Hangzhou, too. I can go to Yenan later."

I didn't know what to do. I couldn't tell him not to go to Hangzhou when he was getting a ticket with his own money. The earliest ticket available was for a train leaving at 3 p.m. I had to stay in Shanghai until then. I called my friend, but she didn't answer.

"Are you calling Hangzhou?" the woman asked.

"No," I answered coldly. I began to feel an un-mistakable dislike toward her. My feeling toward her had changed in an instant. I felt the same way

얼굴이 벌개지면서 발을 동동 굴렀다.

"아가씨도 안씨, 나도 안씨라요. 순흥 안씨. 친척 초청한다고 하면 돼. 아가씨, 안씨란 거 알고 내가 어젯밤 잠을 못 잤어. 기다리다 보니 드디어 내 친척이 왔구나, 하늘이 날 돕는구나, 안씨 아가씨가 나 초청해주면 은혜는 꼭 갚을게. 돈 벌어서 꼭 줄게."

드디어 여자는 매표소 입구까지 왔다. 나는 재빨리 돈을 내밀었다. 그때 갑자기 노인도 손에 쥐고 있던 돈을 여자에게 내밀었다.

"항주, 나도 항주 가는 거 끊어줘요."

"항주 가세요?"

"예에, 나도 항주 가고 싶소이다. 예난은 차분히 가지요."

나는 도대체 그 상황을 어떻게 해야 할지 알 수 없었다. 노인이 자기 돈 내고 항주 가는 표를 끊는데 내가 말릴 수도 없는 노릇이었다. 항주로 가는 기차표는 오후 세 시 표였다. 그것이 가장 빠른 표였다. 오후 세 시까지 나는 꼼짝없이 상해에 머물 수밖에 없게 된 것이다. 후배에게 전화를 걸었지만 전화를 받지 않았다.

"항주에 전화해요?"

with the old man. I hoped that he would not only just leave for his destination, but that he would leave this earth, just disappear from this world forever. I didn't want to see either of them until three, regardless of whether the old man went to Hangzhou with me or not. No, I just wanted to say good-bye to them. I gave a ten-*yuan* note to the woman as a tip. She waved her hand at it and said, "Take it away. I'm not helping you, Miss Ahn, to make money off of you."

I thought this would be better. I had hoped that she would dislike me for offending her character. But she asked, "What are you going to do until three?"

"Please don't bother. I can take care of myself."

"Don't feel like you're bothering me. I can be your tour guide. Waitan(The Bund), Dongfangming-zhu(Oriental Pearl TV Tower), Yu Garden, I can take you to wherever you want to go."

The old man's eyes twinkled at this proposal.

"Why don't you two go on a tour? I'll just..."

"Miss Ahn, wait a minute. I'll write you my address and phone number. Give me a pen and some paper."

I decided that I would run away as soon as I got

"아니요."

나는 냉담하게 대답했다. 나는 여자가 싫어지기 시작했음이 틀림없었다. 아무런 감정도 없는 사람들이 싫어지는 것은 그렇게 순간적이었다. 그건 노인에 대한 감정도 마찬가지였다. 나는 그가 그만 제 갈 길로 가버렸으면 좋겠는 게 아니라, 진짜 영원히 어디론가 사라져버렸으면 좋겠다는 생각이 들었다. 나는 어떡하든, 노인이 나와 같이 항주를 가든 말든 내가 상해를 떠나는 그 순간까지 이들을 안 봤으면 싶었다. 아니, 이제 그만 그들과는 이별을 고하고 싶었다. 나는 여자에게 십 원짜리 인민폐를 내밀었다. 일종의 팁이었다. 여자가 손사래를 쳤다.

"돈 거두라, 마, 내가 안씨 아가씨한테 돈 받을라꾸 이러는 게 아니란 말임."

차라리 잘됐다 싶었다. 여자도 자기가 싫어하는 짓을 한 내가 싫어지기를 나는 바랐다. 그러나.

"오후 세 시까지 어디서 뭐 할 거야요?"

"제가 알아서 할게요."

"미안해할 것 없단 말임. 내가 시내 구경 시켜줄까나? 와이탄도 좋고, 동방명주도 좋고, 예원도 좋아. 내 다 구

her address. I couldn't read the simplified Chinese, but it didn't matter. I hastily said good-bye and left the station without even looking toward the old man. She called after me, "I'll be waiting!"

I just kept walking. The muggy air had a strange smell. The air was severely polluted. I felt a little anxious because my friend wasn't calling me back. My train would leave from Shanghai South Station, so I thought that it would be better to go to the station right now, even if that meant I had to wait there until three. I felt I would feel less anxious if I was at the station. I had to take subway to get to Shanghai South Station, but I just got out of a subway station. I couldn't ask people about a bus to Shanghai South Station, as the only Chinese I knew was *ni hao*. I felt at a loss as to what to do and then realized that I had to go back to the subway station I had come from.

I thought the woman and the old man would have left the station by then whether they had decided to go on a tour or not. But when I entered the station I heard a woman yelling in both Korean and Chinese. I could tell immediately it was the woman at the homestay house. People were surrounding her, yelling.

경시켜 주꾸마."

여자의 제안에 남자의 눈이 반짝 빛났다.

"구경은 두 분이 하시구요, 저는 그만……"

"안씨 아가씨, 잠깐만 기다려보란 말임, 내 주소하고
전화번호 적어줄 꺼니까. 펜하고 종이 좀 달라."

나는 이제야말로 주소만 받고 도망쳐야겠다고 생각
했다. 간자체로 적힌 여자의 주소를 나는 제대로 읽어
낼 수가 없었다. 아무려나, 상관없었다. 나는 허둥허둥
여자에게 인사를 건네고 노인은 쳐다보지도 않은 채 역
을 빠져나왔다. 여자가 뒤에서 외쳤다.

"희망을 개지고 기다리고 있을 거구마."

나는 무작정 걸었다. 후덥지근한 공기 속에는 낯선 냄
새가 섞여 있었다. 매연도 심했다. 후배에게서 전화가
오지 않는 것이 좀 불안했다. 오후 세 시까지 기다리는
일이 있어도 항주 가는 남상해역으로 가 있어야 할 것
같았다. 그래야 안심이 될 것 같았다. 남상해역으로 가
려면 지하철을 타야 하는데 역은 좀 전에 빠져나왔다.
남상해로 가는 버스를 알아보려 해도 니하오 말고 내가
아는 중국말은 없었다. 막막함 속에서 나는 다시 내가
빠져나왔던 역으로 가야 한다는 것을 알았다. 이젠 그

"Who the fuck are you to interfere with my business? Huh?" I could hear the woman say. "*Wang-pa-tan!*"

The bystanders burst into laughter. That last word must have been a swear. It was clear that she was insulting the old man. She could have been mad at him because of me. I snuck past the crowd and bought a subway ticket. But I could understand some of what the woman was saying and they kept flying toward the back of my head. I couldn't leave yet.

"You're a bum! Pay me two days' charge! China doesn't like bums like you, *sagua!*"

The onlookers laughed again. I could have kept going. But the few words I could make out stopped me. I ducked inside the bathroom. The stall doors were so low that people could easily see inside. It was pretty embarrassing. I squatted in the stall and decided to flush only because of the embarrassing design of the Chinese bathroom, not because an elderly homeless man, who'd once lived at Seoul Station, and a Chinese woman of Korean descent, who wanted to go to Korea no matter what, were disgracing the Korean language, my mother tongue. I lingered in the bathroom for a

들도 시내 구경을 갔든 어쨌든 역에서 충분히 어디론가 이동했을 수 있을 만한 시간이 흘렀다, 고 나는 생각했다. 내가 조심스럽게 역으로 들어섰을 때 한 여자가 중국말, 한국말을 섞어서 악을 쓰고 있었다. 나는 악을 쓰는 여자가 민박집 여자임을 목소리만 듣고도 알 수 있었다. 아직 그들은 거기 있었다. 중국인들이 악을 쓰는 민박집 여자를 에워쌌다.

"당신이 뭔데, 내 일을 방해 노냔 말임? 잉? 왕 빠 딴!"

여자를 에워싸고 있던 중국인들이 와아, 하고 웃음을 터트렸다. 중국말로 한 부분이 아마 욕인 듯했다. 노인이 여자한테 모욕을 당하고 있음에 틀림없었다. 혹시 여자가 노인한테 화를 내고 있는 것이 내가 결부된 일일지도 몰랐다. 나는 슬그머니 중국 사람들 뒤로 돌아가 지하철 표를 샀다. 그러나 자꾸 내가 알아먹을 수 있는 말이 뒤통수에 꽂혀서 나는 곧장 개찰구로 가지 못했다.

"순 거렁뱅이, 이틀치 숙박비나 내노란 말임. 영감 같은 거렁뱅이는 중국도 싫어, 싸과."

다시 한 번 중국인들의 웃음소리가 퍼졌다. 나는 모른 척 돌아설 수도 있었다. 그러나 내가 알아먹는 소리가

long time. When I finally mustered the courage to leave and stand in front of them again, unbelievably, unexpectedly, both of them beamed at me.

"I knew Miss Ahn would come back! Shall we go to Dongfangmingzhu? It's the tallest building, not just in Dongfang(the Orient), but in the world. No. In the universe." The woman had turned a kind tour guide, her language suddenly without any trace of the words she had been using toward the old man.

"Let's take the bus! We can see from the bus, right?" the old man smiled sweetly, like a child.

We went on the downtown bus, getting along now as if we were family members who had learned to live together after fights. It was a good idea to follow the old man's suggestion and take a bus. "Over there, that river that flows like the Chang Jiang is the Huangpu River. The Huangpu River merges with the Yangtze River and flows into the Pacific Ocean."

Sand excavators, sightseeing boats, and cargo boats swarmed the river. It looked like a giant, liquid road.

"This is Dongfangmingzhu! Don't fall asleep, sir! Wake up and look!" she said. We got off the bus in

나를 돌아서지 못하게 하고 있었다. 나는 화장실로 들어갔다. 문이 낮아서 밖에서 안이 훤히 들여다보이는 화장실은 몹시 민망했다. 화장실에 쭈그려 앉아서 나는 내 얼굴이 화끈거리는 게 꼭 이 민망한 중국 화장실 때문이라고 단정 지었다. 서울역을 거처로 삼고 살았던 한 노인과 기를 쓰고 한국에 가고 싶어 하는 조선족 여자가 중국인들 앞에서 지금 내가 쓰는 한국말을 우세시키고 있어서는 결코 아니라고. 나는 볼일을 다 보고도 한참을 화장실 안에서 머뭇거렸다. 그리고 용기를 내어 화장실에서 나갔을 때, 그래서 다시 그들 앞에 섰을 때 두 사람이, 동시에 거짓말처럼 나를 향해 환하게 웃을 줄을 나는 몰랐다.

"안씨 아가씨가 다시 올 줄 알았단 말임. 동방명주를 갈까나? 동방명주는 동방이 아니라 세계에서, 아니, 이 우주에서도 제일 높은 건물이란 말이야요."

여자가 언제 노인한테 악다구니를 퍼부었느냐는 듯, 생글거리며 친절한 가이드로 돌변했다.

"이왕이면 지하철 말고 버스를 탑시다. 버스를 타야 구경을 할 것 아니오?"

노인이야말로 방금 전까지 여자한테 수모를 받은 사

front of Dongfangmingzhu and she suddenly screamed, "The old man is still on the bus! He didn't listen to me. He must have dozed off!"

Before I realized the old man wasn't with us, the woman had already hailed a taxi and was getting in. "Miss Ahn, don't move. Just wait here," the woman said, and raced after the bus.

It was muggy. The sun poured out heat. Could she catch up with the bus? And why? Why would she want to find him? Had she become attached to him in just a few days? Even though he infuriated her? I couldn't understand her.

I couldn't understand him. To him, everything had no reason. He said, "No reason, I just don't feel like this works for me. At any rate, this doesn't seem to work for me. This kind of life doesn't seem to work for me." He and I were both very popular expository writing teachers at the cram school district in Daechi-dong. We planned to make money teaching there, buy a house, and marry. But he said this didn't seem to work for him. He asked what difference there was between living like that and committing fraud. He said he found adjusting to the way of life we were leading horrifying. He wailed, burying his face in the bed sheets, crying that this wasn't the kind of world

람이라고는 여겨지지 않게시리 어린애같이 천진하게 말했다. 우리는 싸웠다가도 돌아서면 함께 살 수밖에 없는 한식구라도 되는 것처럼 말없이, 그러나 화기애애하게 시내로 가는 버스를 탔다. 노인 말대로 버스를 타길 잘한 것 같았다.

"저기 장강같이 흐르는 강이 황포강이란 말임. 황포강은 흘러흘러 양자강과 합쳐져서 태평양으로 가지요."

황포강 위로 모랫배와 유람선과 화물선이 한데 섞여 강 전체가 거대한 도로 같았다.

"저기가 동방명줍니다. 영감님 졸지 마시오. 정신 바짝 차리고 좀 보란 말임."

동방명주 앞에 내렸을 때 여자가 문득 비명을 질렀다.

"영감쟁이가 안 내렸단 말임! 내 말 안 듣고 틀림없이 졸았을 테다!"

노인이 내리지 않았다는 것을 내가 미처 깨닫기도 전에 여자가 택시를 잡아타고 있었다.

"안씨 아가씨, 여기 꼼짝 말고 있으라요."

해는 구름 속에서 후덥지근한 열기를 내뿜고 있었다. 여자는 노인이 탄 버스를 따라잡을 수 있을까. 그런데 왜 여자는 굳이 노인을 찾아오려고 하는 것일까. 비록

*he dreamed of and this wasn't the kind of life he dreamed
of. I was afraid when he cried. I felt as if my life, my
dreams would shatter overnight, carried away by his cry-
ing. I left him because of that.*

The woman and the old man got out of a taxi at
the taxi stand across the street. She had found him.
It looked like she told him something but I couldn't
hear it. The woman looked like his thoughtful little
sister, a sister scolding her childlike elder brother.
My phone rang.

"Hey, did you get a ticket?" my friend asked.

"Yes, I leave at three."

"Well, we have to change our plans. Come to Su-
zhou instead of Hangzhou. An alum who does
business in Suzhou invited us."

"What about my ticket?"

"Get a refund. If you can't, just throw it away."

"Throw it away?"

"That's right. Just throw it away!"

"But there's a problem. Someone bought a ticket
to Hangzhou with me, because he wanted to go
with me."

"Who?"

"I don't know. I don't really know him."

숙박비를 떼어먹기는 했어도 며칠 새에 정이 든 것일까. 아무리 그렇다 하더라도 나는 여자가 노인을 대하던 매정한 태도를 생각하면 여자의 행동을 이해할 수가 없었다.

　나는 그를 이해할 수가 없었다. 그는 모든 것을 그냥, 이라고 했다. 그냥, 이것은 아닌 것 같다고 그는 말했다. 어쨌든, 이것은 아닌 것 같다고. 이런 식은 아닌 것 같다고. 그는 나와 함께 대치동 학원가에서 잘 나가는 논술강사였다. 우리는 논술강사를 해서 돈을 벌어 집을 산 뒤에 결혼을 하기로 했었다. 그러나, 그가 이것은 아닌 것 같다고 했다. 이런 식으로 사는 게 사기를 치는 것과 뭐가 다르냐고 했다. 그는 그가 살아가는 방식에 적응하고 사는 자신이 끔찍하다고 했다. 자신이 꿈꾸던 세상은 이런 세상이 아니었고 자신이 꿈꾸던 삶도 이런 삶이 아니었다고 그는 침대 시트에 얼굴을 묻고 통곡했다. 나는 그의 울음소리가 겁이 났다. 그의 울음소리에 실려 내 삶, 내 꿈조차도, 한순간에 부서져버릴 것만 같았다. 그것이 겁나서 나는 그를 떠났다.

　길 건너편의 택시 승강장에서 여자와 노인이 내리는 것이 보였다. 여자는 드디어 노인을 다시 찾아온 것이

"OK. Well then go to a subway station right now, get a ticket to Suzhou, and give me a call."

I dropped my ticket from Shanghai South to Hangzhou on the side of the road in front of Dongfangmingzhu. The woman and the old man were crossing the road. They were buried in the crowd. I was also in it. I crossed the road toward the subway station, on the opposite side.

President Kim, my friend's college alumnus and old boyfriend, was pouring Qingdao beer into our glasses in a Korean restaurant in Suzhou. He was saying excitedly.

"This is a scary place. Tens of thousands of North Korean refugees come here every year. Only a few end up in Korea. The rest fall prey to scam artists. The Korean government shouldn't let that happen. They know very well what's happening to them here. It's a crime to let refugees fall prey to those Chinese scam artists."

President Kim's saliva was spattering all over the side dishes. A scallion pancake plate was farthest from him. I drew it toward me.

"Scam artists?"

"For example, human traffickers and organ traf-

다. 여자가 노인에게 뭐라고 뭐라고 말을 하는 것 같았으나 길 이편에는 들리지 않았다. 노인을 데리고 오는 여자는 영락없이 노인의 속 깊은 여동생 같았다. 여동생은 속없는 오빠를 끄집고 오면서 지금 한바탕 훈계를 하고 있는 것이다. 전화벨이 울렸다.

"선배 표 끊었어요?"

"응, 세 시 차야."

"그런데 여행 일정이 변경됐어. 항주 말고 소주로 와요. 소주에서 기업하는 아는 선배가 소주로 오래."

"표는?"

"물려. 아님, 그냥 버리지 뭐."

"버려?"

"응, 그냥 버려."

"근데, 문제가 생겼어. 어떤 사람이 나랑 함께 항주로 가겠다고 표를 끊었어."

"누군데?"

"모르는 사람."

"됐어요. 지금 당장 아무 전철역이나 가서 소주 가는 표 끊어요. 표 끊고 전화 줘."

나는 남상해발 항주행 표를 동방명주 앞 도로에 버렸

fickers. In China, they'll do anything for money."

"Are there any countries, where that's not the case?"

My friend and President Kim carried on most of the conversation. President Kim owned a supply parts factory for several well-known Korean re-frigerators and washer brands. He followed the parent company to China during the heyday of Ko-rea-China outsourcing. Now he was thinking of moving his factory to Vietnam.

"At any rate, communists act even worse once they taste money. They are really, really bad!"

"Well, isn't Vietnam socialist, too?"

"They're less urbane than the Chinese, though. But, I heard women are better there, haha."

"Is that why there's a placard saying, 'Vietnam Girls Never Run Away'? I almost passed out when I saw it."

"Speaking of the Chinese, I'll tell you how scary the Chinese communists are. You know the Cho-sun Volunteer Army anti-Japanese guerilla unit? They were based in Yanan. At that time, the Cho-sun Volunteer Army belonged to the Eighth Route Army of the National Revolutionary Army of the Republic of China. Do you know what the Com-

다. 여자와 노인은 인파에 묻혀 이제 막 횡단보도를 건너오고 있었다. 나 또한 인파에 묻혀 그들과 반대 방향에 있는 전철역으로 건너갔다.

소주의 한국식당에서 후배의 대학선배이자 옛날 애인이라는 김사장은 우리들에게 연신 청도맥주를 부어주며 열 내서 말했다.

"이곳은 무서운 데라구. 일 년이면 탈북자가 수만 명을 넘는데 그 사람들 중 한국에 들어가는 사람은 극소수야. 나머지는 다 어떻게 되느냐. 나쁜 놈들의 밥이 되는 거지. 대한민국이 정말 그러면 안 되는 거야. 여기 탈북자들 지금 중국 나쁜 놈들한테 밥 되고 있는 것을 뻔히 알면서도 내버려 두는 건 이건 범죄야."

김사장이 튀긴 침이 반찬접시에 튀었다. 나는 그래도 가장 내 쪽에 있어서 김사장의 침이 덜 튀겼을 파전 접시를 은밀히 내 쪽으로 더 옮겨왔다.

"나쁜 놈들이라뇨?"

"예를 들면, 인신매매업자라든가, 장기밀매업자라든가 뭐. 여긴 돈 되는 건 뭐든지 다 하는 나라니까."

"어디는 안 그렇나요?"

munist Party of China did to this Chosun Volunteer Army? They sent them to the Korean War without anything, without even guns, all to their sad, pointless deaths. But I guess we can't complain. It's us in their fatherland who should have taken care of them first."

I dropped a piece of scallion pancake into the soy sauce bowl. I wasn't just drunk. I had never been good with chopsticks

President Kim, raining saliva all over the table, burst into laughter. "Don't pick it back up," he said. "It would be too salty," he teased.

Perhaps, because I was embarrassed, but also because I felt I should say something as his guest, I asked, "Is Yanan far from here?" I guessed the Yenan the old man mentioned must have been *Yanan*. There was no doubt about it.

"It's a ways away. You have to go quite a bit southward from here," President Kim answered.

I didn't try to pick up the piece of scallion pancake. I didn't feel like I had to, when I could eat scallion pancake to my heart's content in Korea. I just wanted to leave that table full of dishes showered with President Kim's spit.

My friend and I settled in at the hotel next to the

대화는 주로 후배와 김사장이 했다. 소주 외곽에서 국내 유명 브랜드의 냉장고 세탁기 부품을 제조 납품하는 공장을 경영하고 있는 김사장은 제조업이 한창 중국으로 옮겨올 때 대기업을 따라왔는데 이제 김사장은 베트남으로 갈 궁리를 하고 있었다.

"하여간 늦게 배운 도둑질이 더 무섭다고 공산당들이 돈맛을 아니까 더 무서워요, 아주."

"베트남도 사회주의 나라 아닌가요?"

"그래도 아직은 중국보다는 덜 닳아졌어. 여자들도 베트남 여자들이 더 좋대잖아, 낄낄."

"그래서 그런 플래카드가 나붙었나? 베트남 처녀, 절대 도망 안 감. 그거 보고 난 돌아가시는 줄 알았어."

"말 나온 김에 중국공산당들이 얼마나 지독한지 내가 역사를 말해줄까? 일제 때 조선의용군 항일유격대 근거지가 연안에 있었잖아. 그때 조선의용군이 중국공산당 팔로군에 소속돼 있었거든. 일제가 패망하자 중국공산당이 이 조선의용군을 어떻게 처리했는지 알아? 한국전쟁에 총 한 자루 안 주고 내몰아 개죽음을 시킨 거라고. 그러나 우린 할 말 없지. 어쨌든 그들을 먼저 버린 것은 조국이었으니까."

restaurant where President Kim made a reservation for us. He proposed that we all go to another place and have more wine, but I refused, saying I was too tired. I ended up sleeping so soundly that I didn't know when my friend came back. It made up for the sleep I had missed at the homestay house in Shanghai.

President Kim showed up very early the next morning with his car. I felt burdened by his kindness, and I poked my friend's side and said, "I'm grateful, but I also feel bad about all of this."

My friend immediately reported it to him, "She said she's grateful but she also feels bad about all of this."

President Kim laughed generously, "You've just come from my home country."

Was it because the old man was from the proprietress' home country? Did the woman take a taxi to fetch the old man because he was from her home country? I had no way of knowing. I should have forgotten them. I wanted to.

Although my friend wanted to go to Zhuozheng Garden, President Kim drove us out of downtown Suzhou and took us to Tai Hu Lake. "You don't know how great lake this is," he said.

술기운 때문만은 아니었을 것이다. 내가 원래 젓가락질이 서툴러서였을 것이다. 내가 집어든 파전 조각이 간장 종지에 빠져버렸다. 침을 튀기며 비분강개하던 김사장이 너털웃음을 터뜨렸다.

"억지로 집으려고는 하지 마십쇼. 간장 범벅 파전은 짜기만 하지 뭐."

나는 무안함을 모면하기 위해서라기보다, 대접받는 입장에서 뭔가 나도 말 한마디쯤은 해야 할 것 같아서 문득 물었다.

"연안이요, 여기서 머나요?"

노인이 말한 예난은 연안일 것이었다. 나는 그럴 거라고 확신했다.

"좀 멀지요. 여기서 남서쪽으로 한참 가야 연안 아닙니까?"

나는 김사장 말대로 파전을 억지로 집으려고는 하지 않았다. 한국에서도 얼마든지 먹을 수 있는 파전에 기를 쓰고 매달리고 싶지 않았고 무엇보다 김사장의 침 범벅이 되었을 음식상에서 그만 물러나고 싶었다. 후배와 나는 김사장이 마련해준 한국식당 옆 호텔에 여장을 풀었다. 그가 자리를 옮겨 술을 더 하자는 제안에 나는

On our way to Tai Hu Lake, "the great lake," there were lengthy stretches of orchards on both sides of the road. I couldn't tell whether they were peach orchards or apricot orchards.

"President Kim, what kinds of trees are these?" I asked.

"What? Oh, these are loquat trees. They're really cheap and delicious here."

I remembered the loquats at the homestay house in Shanghai. They were wrinkled and unattractive-looking. But the old man ate them with relish despite the woman's ill treatment.

"Could you stop here for a minute?" I asked.

"What? Why? Do you need to go to the bathroom?"

"No, no. No reason."

I wasn't sure if I could tell them the story about the old man and the woman in Shanghai. I was even more unsure if I could tell them about the wrinkled loquats.

The air overwhelmed me when I got out of the car. I headed straight to the loquat orchard. My friend opened the window and shouted, "Hey, what are you doing? It's too hot! Let's go!"

Despite my friend's calls, I kept going deep into

피곤함을 핑계 삼아 빠졌다. 나는 후배가 언제 들어왔는지도 모를 만큼 소주에서의 첫 밤을 달게 잤다. 상해 민박집에서 못 잤던 잠을 소주에서 벌충한 셈이었다. 김사장은 다음 날 아침 일찍 차를 가지고 우리를 데리러 왔다. 김사장의 친절이 과분하다 싶어, 후배의 옆구리를 찔러 말했다.

"고맙긴 하지만 미안하기도 하구나."

후배가 냉큼 일러바쳤다.

"고맙긴 하지만 미안하다고 하는데요?"

김사장이 예의 너털웃음을 웃으며 말했다.

"고국에서 온 분들인데요, 뭘."

그래서였을까. 민박집 여자는. 노인이 고국에서 온 사람이라서, 그래서 택시를 잡아타고서라도 노인을 찾아가지고 왔던 것일까. 그것은 알 수 없었다. 나는 이제 그만 상해에서의 사람들을 잊어야 할 것 같았다. 아니, 잊어버리고 싶었다. 김사장은 졸정원을 가자는 후배의 제의를 뿌리치고 소주 시내를 빠져나와 태호로 갔다.

"니가 아직 태호가 얼마나 대단한 호순지 몰라서 그래."

'대단한 호수' 태호로 가는 길 양옆에 복숭아밭인지

the orchard. I thought of Yenan below a loquat tree. Were there loquat trees in Yenan, too? Was the Yenan the old man mentioned Yanan? Were there any loquats in Korea? The wind shook the trees. It must have been wind from the Tai Hu Lake, "the great lake" that President Kim had mentioned.

Translated by Jeon Seung-hee

살구밭인지 분간하기 어려운 과원이 끝없이 펼쳐져 있
었다.

"김사장님, 저게 무슨 나무지요?"

"뭐요? 아, 비파나무요. 여기 비파가 아주 맛있고 싸
요."

다시 상해 민박집에서의 비파가 떠올랐다. 볼품없이
쭈글쭈글한 비파. 민박집 여자의 구박에도 아랑곳없이
쭈글쭈글한 비파를 아주 맛있게 먹던 노인.

"저 여기 잠깐만 세워주세요."

"왜요? 화장실 가려구요?"

"아니요, 그냥, 그냥요."

나는 소주의 이들에게 상해의 그들을 말하기가 난감
했다. 더군다나, 상해의 쭈글쭈글한 비파를 말하기는
더욱 애매했다. 차에서 내리자 후끈한 열기가 끼쳐왔
다. 나는 길을 내려서서 비파 과수원으로 성큼 들어섰
다. 후배가 차창을 열고 외쳤다.

"선배, 뭐해. 더운데 빨리 가자."

나는 후배의 채근에도 아랑곳없이 과수원으로 들어
갔다. 비파나무 아래 서서 나는 예난을 생각했다. 예난
에도 비파가 있을까. 노인이 말한 예난이 연안일까. 한

국에는 비파가 있었던가, 없었던가? 비파나무를 흔들며 바람이 불어왔다. 김사장이 말한 '대단한 호수' 태호에서 불어오는 바람일 터였다.

『우리시대 좋은소설』, 도서출판 해성, 2012

해설

Afterword

공감의 능력

이도연 (문학평론가)

어느 정신과 전문의의 말처럼, 진보의 의미를 사회적 소수자 혹은 인간 개개인의 현실에 깊이 공감할 수 있는 능력이라고 정의한다면, 공선옥은 분명 진보적인 작가일 것이다. 공선옥은 리얼리즘이 폐기처분된 현재 한국의 문학적 상황 속에서, 리얼리즘을 자신의 문학적 모토로 삼고 이를 자신의 삶 속에서 실천하는 거의 유일한 작가에 속한다. 그런 까닭에 공선옥은 종종 작가의 실제 삶과 작품이 분리되지 않는다는 평을 받기도 한다. 그것은 작가로서는 치명적인 약점일 수도 있겠으나, 자연인으로서의 삶과 예술가로서의 삶의 분리와 단절을 드물지 않게 목도하게 되는 한국의 문학적 전통

Ability to Sympathize

Lee Do-yeon (literary critic)

If the psychiatrist is correct in arguing progress means an expansion in our ability to sympathize with other people or minorities, Gong Sun-ok is clearly a progressive writer. Gong is one of those rare examples of writers who continues to practice "realist" writing in a current Korean literary environment in which the project of realism has been all but abandoned. Due to her commitment to what many would consider an archaic mode of expression, she is sometimes regarded as a writer in whose works her actual life and fictional world have been conflated. Although some might consider this characteristic of hers a weakness, I would

속에서, 자신의 삶과 예술을 일치시키려는 공선옥의 작가적 고투는 소중한 미덕으로 평가받는 것이 온당할 것이다. 공선옥의 최근작, 「상하이에 두고 온 사람들」은 이상의 작가적 태도를 여실히 보여주는 가운데, 디아스포라적 존재 혹은 사회적 소수자들과 어떻게 만나고 소통할 것인가의 문제, 그리고 보다 보편적인 차원에서, 개개인 안에 내재되어 있는 타인과의 '공감의 능력'에 대해 묻고 있다.

소설 속 화자인, '나'는 희미한 옛사랑의 그림자로부터 벗어나기 위해/더듬기 위해 후배가 있는 중국행 비행기에 몸을 싣는다. 상해의 민박집에서 나는 그곳에서 일하고 있는 조선족 여자와 함께 아버지의 흔적을 찾으러 중국에 온 한 노인을 만난다. 조선족 여자는 할아버지 고향이 경상도 안동이라며 같은 성씨인 나에게 친근감을 표시한다. 서울역 노숙자인 노인은 필생의 마지막 숙제를 풀기 위해 어렵게 돈 오십만 원을 모았다. 1936년 자신을 낳고 중국 예난(연안)으로 떠난 뒤 소식을 알 수 없는 부친의 흔적을 찾기 위해 이곳에 온 것이다. 아마도 항일유격대 소속이었을 부친에 대한 기억 때문인지, 노인은 사회주의에 대한 막연한 호감을 갖고 있다.

argue that her struggle to make her writing consistent with her life is a virtue. I believe this is especially true within a Korean literary tradition where we often run into a separation between the writer's personal life and the writer's artistic vision of life as a whole. Gong's recent story, "People I Left in Shanghai," clearly illustrates Gong's position as a writer in the vein of realism while, at the same time, questions how we would meet and connect with diasporic people or social minorities within the framework of the more general issue of our "ability to sympathize."

"People I Left in Shanghai" begins when the narrator of this story boards an airplane to China where her friend lives in order to get out from under—or, to follow—the shadows of her past love. Upon landing and moving into a homestay house in Shanghai, the narrator meets a Chinese woman of Korean descent—an employee of the homestay house—and an old man who has come to China in order to retrace the mysterious path of his father's footsteps. Without much provocation, both strangers attempt to establish unusual degrees of immediate intimacy with the narrator. The Chinese woman expresses her desire to become friends

노인의 입에서 우연히 흘러나온 '사회주의'라는 단어를
혼자 발음해보면서, "오래전에 헤어진 애인의 이름" 같
다고 나는 생각한다. 민박집에서 지내는 1박2일 동안
나는 그들의 속내를 우연히 엿보게 된다. 여자는 한국
에서 돈을 벌기 위해 위장결혼을 했다가 사기를 당하고
한국 공항에서 쫓겨난 기억을 가지고 있다. 하지만 지
금도 돈을 벌기 위해서라면 수단 방법을 가리지 않고
자본주의 한국으로 가고 싶어 애를 태우고 있다. 여자
는 나에게 한국으로 돌아가서 자신을 친척으로 초청해
줄 것을 간곡히 청한다. 그러나 나는 그녀의 부탁에 확
답을 하지 못한다. 노인은 지금 길동무가 필요하다. 나
의 행선지가 항주인 것을 알자 노인은 자신도 덩달아
항주행 표를 끊는다. 나는 이들의 과도한 친절과 지나
친 개입이 불편하다. 후배와의 만남은 표면적인 이유일
뿐 중국행을 택한 나의 진짜 목적과 동기는 실연의 상
처에서 벗어나기 위함이었기 때문이다. 늪과 같은 옛사
랑의 그림자에서 더 이상 허우적거리기가 싫어서였다.
민박집에서 만난 이들은 나에게는 불청객만 같아서 거
추장스러운 존재일 뿐이다. 항주행 티켓을 끊고 나는
이들과 헤어지고 싶었지만 뜻대로 되지 않는다. 중국말

with the narrator on the basis that they share the same surname. Meanwhile, the old man, a formerly homeless man who'd once lived in Seoul Station, shares with the narrator one of his life's penultimate goals: after barely saving five hundred thousand *won* he has come to China to retrace the footsteps of his father. The old man's father had gone to Yenan (Yanan) and never returned shortly after the birth of the old man, The old man is determined to bring his, and his father's life full circle.

Additionally, the old man inadvertently piques the narrator's interest when he further divulges the details of his past. The old man has a vaguely favorable view of socialism. This is perhaps because the old man's father very likely belonged to the Independence Army, which operated under the leadership of Chinese Communist Army. After the old man happens to mention socialism, the narrator slowly repeats the word "socialism" to herself. She notes that repeating the word feels like saying "the name of an old lover."

During the two days the narrator stays in the homestay house, she gets to know more of the woman and old man's stories and becomes increasingly, and not particularly welcomingly, in-

에 섞여 들려오는 이들의 한국말 때문이다. 모국어가, 냉정하게 돌아서고 싶었던 나의 발목을 잡는다. 그들과 나는, "싸웠다가도 돌아서면 함께 살 수밖에 없는 한식구라도 되는 것처럼 말없이, 그러나 화기애애하게 시내로 가는 버스"를 탄다. 의도치 않게 동행한 '동방명주'의 길목에서 나는 비로소 그들에게서 벗어난다. 나는 노인에게 대놓고 면박을 주면서도 은근히 노인을 챙기는 민박집 여자의 이해할 수 없는 태도에서 '속 깊은 여동생'의 모습을 본다.

이산(離散)을 뜻하는 디아스포라(diaspora)는, 보통 모국과 거주국이 달라서 이중적 정체성 속에서 살아가야 하는 재외국민을 말한다. 이 작품에서 한국인 디아스포라는 일차적으로 민박집에서 일하고 있는 조선족 여자로 표상된다. 앞서 말한 것처럼, 여자는 실제로 한국에서 추방된 경험을 갖고 있다. 또한 1936년 연안으로 떠난 노인의 아버지는 아마도 한국인 디아스포라 1세대쯤에 속할 것이다. 따라서 노인의 아버지 찾기, 정체성 찾기는 디아스포라의 기억을 환기하는 일이 된다. 동시에 노숙자로서 노인은 모국에 거주하지만 체제의 바깥에 실존한다는 점에서 디아스포라적 속성을 지닌다. 그

volved in their lives. The woman was expelled at a Korean airport while trying to enter the country through means of a fabricated marriage. Nevertheless, she is still anxious to find her way—by whatever means—back to Korea, where she expects life and work will be more lucrative in a capitalist country. The woman pleads with the narrator to invite her to Korea as her relative. The narrator, however, is reluctant to commit herself to the task. Meanwhile, the old man, in need of a travel companion purchases a ticket to Hangzhou after finding out that the narrator is on her way there as well. The narrator becomes more and more uncomfortable with their excessive kindness and level of intimacy with her. Her true purpose in visiting China was to recover and distance herself from her failed love affair, her expressed wish to visit to her friend being merely an excuse. She no longer wants to wallow in the shadows of her past love. Both the woman and the old man are like bothersome, uninvited guests to her.

Although the narrator means to leave them behind after purchasing a ticket to Hangzhou, she cannot go through with it. Her native tongue clutches at her unexpectedly in the middle of cold-

들은 모두 제도로서 국가 장치에서 추방되고 배제된 자들이다. 디아스포라들은 자신의 이중적 속성 때문에 본국에 대해 양가감정을 갖기 쉽다. 한편으로 이들 디아스포라들에 대한 본국의 자국민들의 태도와 감정 역시 이중적이기 십상이다. 이 작품에서 조선족 여자와 노인에 대한 나의 태도 또한 그러하다. 나는 그들에게서 민족적 동질감을 확인하는 한편으로 막연한 괴리감과 거부감을 느낀다. 디아스포라를 소재로 하는 문학에서 인종적 일체감을 발견하려는 시도는 그 자체로 의미가 있는 일이지만 그것만으로는 분명히 충분치 않다. 즉 필연적으로 발생하게 되는 다양성과 차이를 존중하고 어떻게 수용하느냐의 문제가 보다 중요한 관건이라는 점이다. 이 작품에서 나의 오래전 헤어진 애인은 한국인 디아스포라와 등치될 수 있을 것이다. 나는 헤어진 애인을 아직도 이해할 수 없다. 하지만 여전히 그를 잊지 못하고 있다. 그래서 애인에 대한 나의 감정은 이중적이고 애증의 양가감정이 뒤섞여 있다. '디아스포라'라는 존재는 원래는 하나였다가 분리되어 떨어져나간 오래된 애인과 같다. 나에게 헤어진 애인이 이제는 희미한 옛사랑의 그림자로 남은 것처럼, 디아스포라들에게 민

ly turning around. The three of them ride the downtown bus together, "getting along now as if we were family members who had learned to live together after fights." The narrator finally frees herself from them in front of Dongfangmingzhu. Watching the woman return with the lost old man after successfully finding him, the narrator thinks that the woman looks like a "thoughtful little sister," a sister scolding her childlike elder brother only because she cares about him.

The term diaspora means any group of people that have been dispersed outside their traditional homelands, people who have been living double identities in their new homes. The Chinese woman of Korean descent belongs to the Korean diaspora. As mentioned earlier, she has, in fact, experienced expulsion from Korea by means of her illegitimate marriage. The father of the old man, who left for Yanan in 1936, might also belong to the first generation Korean diaspora. The old man's search for this father reminds us of the existence of this particular group of Korean diaspora.

At the same time, the old man himself also belongs to a sort of socio-economically defined diaspora. As a homeless man, he lives outside of the

족 공동체의 기억은 희미한 흔적으로만 남아 있는 것이다. 따라서 이 작품에서 옛사랑의 기억을 추억하는 것은 디아스포라의 흔적을 더듬는 일과 같은 의미를 내포하게 된다. 내가 중국에서 사랑의 기억을 환기하듯이, 노인 역시 중국에서 자신의 뿌리이자 존재의 기원인 아버지의 흔적을 찾아 더듬고 있다. 민박집 사람들을 매정하게 뿌리쳤던 내가, 소설의 결말에서 비파 과수원을 지나다 그들을 떠올리고 무심결에 과수원으로 발길을 돌리는 장면은, 헤어진 애인의 기억을 더듬는 일이, 디아스포라적 존재들을 보듬고 포용하는 일이 그만큼 더디고 지난한 과정임을 암시한다. 윤리는 타인의 고통스러운 얼굴을 외면하지 않는 것에서 출발한다. 동시에그 윤리의 정립과정은, 이 작품에서 드러나고 있듯이, 타자와 나 사이의 차이를 제거함으로써 손쉽게 달성되는 것이 아니라, 그러한 이질성을 충분히 존중하고 포용하는 과정 속에서 힘겹게 성취되는 것이다. 따라서이 작품은 단지 디아스포라의 문제에만 국한되는 것이아니라 보다 보편적인 차원에서 타자와의 만남, 타인과의 공감의 문제에 대해 되묻고 있는 것이다.

system within even his own country. He belongs to a population that has been expelled and excluded from the institution of their own state machinery. These people tend to have ambivalent feelings towards their homelands because of their dual identities. Likewise, the attitudes and feelings of natives towards them tend to be ambivalent. The narrator's attitude towards the woman and the old man illustrates this ambivalence. While she confirms her racial identity with them, she also feels a vague sense of repulsion and distance.

Racial identity is an important theme in literature dealing with diaspora, but what is more important is how literature handles and accepts the inevitable diversity and difference in diaspora. In Gong's story, one could equate the narrator's past lover with the figure of Korean diaspora. The narrator cannot understand him, but she cannot forget him, either. The narrator's feelings towards him is twofold and ambivalent.

Diaspora is like this figure of the separated lover. As the narrator's lover remains the vague shadow of their shared past, memories of a diaspora's homeland exists in vague traces. In Gong's story, recalling memories of one's old love is like follow-

ing the traces of diaspora. As the narrator remem-
bers her old love, the old man follows the traces of
his father, his roots and origins. The scene in this
story, in which the narrator is drawn into the loquat
orchards even after coldly leaving the woman and
the old man, suggests the complexity inherent in
remembering one's departed lover and embracing
diaspora. But ethics begin when you refuse to turn
away from the pain in people's faces. At the same
time, ethics are established not by eliminating the
differences between oneself and others, but by re-
specting and embracing them. Thus, this story's
lesson does not limit itself to the problems of dias-
pora. It extends to the more general problem of
encountering people like us and of our ability to
sympathize with them.

비평의 목소리

Critical Acclaim

공선옥이라는 작가는 땅불쑥한 놀라움이다. 정처 없는 중생들 팍팍한 애옥살이를 한결같이 미좇아가는 것이 그렇고, 작가 자신의 삶이 그러하다. 우리 소설 동네에 작가는 많지만 밑바닥 중생들 삶에 변함없는 애정을 보여주고 있는 작가로는 공선옥이 유일하다. 또한 우리 작단에 아직도 밑바닥 중생들 삶에 애정을 보여주는 작가는 더러 있지만 공선옥만큼 그들 삶을 핍진하게 그려내는 작가도 없다. 공선옥 마음이 진활(眞活)한 까닭이다.

김성동

가난은 단순한 물리적 결핍이 아니라 모멸이며 소외

Gong Sun-ok is a surprising author—an exceptionally surprising one. She is exceptional in her persistent depiction of the hard lives of ordinary people. And she is exceptional in her own way of life as well. Although we have many novelists in our village of Korean novelists, Gong is the only novelist who has not deviated from her love for grassroots characters and fiction. There are other writers who share the same love for the ordinary people in our everyday lives, but there is no one other than Gong who depicts these lives with such honesty. This is because her heart is truthful and lively.   Kim Seong-dong

이다. 가난은 뿌리 뽑혀 거덜나는 삶의 해체이며 이 세상의 변방을 겉돌고 헤매는 유랑이다. 공선옥의 새 소설은 산간 농촌이나 지방 소읍 또는 대도시의 변두리를 유랑하는 사람들의 거덜난 삶의 모습을 사실적인 시선으로 정밀하게 포착하고 있다. 거덜난 사람들은 그 결핍으로부터 벗어나기 위해 인간관계를 해체시키지만, 그 소외와 해체를 강요하는 힘에 맞서기 위해 다시 새로운 인간관계를 꿈꾸고 실천한다. 뿌리 뽑혀 떠도는 삶 속에서 다시 맺어지는 이 관계들은 삶의 재건이고, 삶의 긍정이다. 사람들은 이 맺어짐 위에서 다시 세상으로 나아가거나, 또는 나아가지 못한다. 나는 이 소설을 읽으면서 '남'이란 도대체 무엇인가라는 괴로운 질문에 사로잡혀 있었고, 그 질문에 대답하지 못했다. 세상의 본질은 어질지 않다. 타인이 나의 '남'이라면 나는 타인의 '남'일 것이다. 관계맺기란 이 괴로운 차단 앞에서 그 차단을 넘어서려는 인간의 가엾고 끈질긴 열망이다. 해체와 유랑과 재편성의 모든 과정을 받아들여서 새롭게 짜여지는 삶의 망(網)을 보여주는 것이 공선옥 소설의 힘이다.

김훈

Poverty is about far more than simple physical lack; it is about humiliation and alienation. Poverty is about being uprooted from one's life and wandering through the margins of the world. Gong Sun-ok's new story accurately and realistically captures the displaced lives of those who must wander through villages, through mountain paths and hamlets, small country towns, and the margins of large cities. Often, displaced people experience the dismantlement of their relationships in their battle to merely survive. Nevertheless, they dream of forging new relationships and fight to achieve this dream even as they struggle against forces of alienation and isolation. Establishing these relationships is an act of acknowledging and re-building their lives. People can succeed or fail in going forward depending on these relationships. Reading this story, I was arrested by the painful question: "Who are these *others*?" I found I did not have an answer to this question. The world is not inherently generous. If others are my *others*, I am the *others'* other. Relationships originate from our sad and enduring passion to overcome the ordinary pain and isolation of our daily lives. The power of Gong's story lies in the way it shows the network of lives woven anew,

공선옥의 문학은 감각적인 형용사와 부사들로 장식되어 있지 않다. 그의 문체는 비유하는 문체가 아니다. 그의 문체는 욕설, 비속어, 입담, 농담 등으로 사건의 진실을 향해 거칠게 육박해 들어간다. 공선옥 작품의 인물들은 한적한 카페에 턱을 괴고 앉아 클래식 교향곡을 들으며 정신적 허기를 위로하는 미시족이 아니다. 그의 소설의 인물들은 남편들이 버리고 간 어린아이들을 돌보며 술을 마시거나 괜히 화를 내는 어미들이다. 이처럼 가공된 보석이 아니라 가공되지 않은 원석(原石)을 연상시키는 공선옥의 소설들을 읽노라면 인간의 사무친 육성이 들린다. 삶을 진짜로 살아본 한 여성 작가의 육성이 귀를 때린다. (…) 세련의 포즈와 인위적인 기교의 문학이 우세한 현시점에서 공선옥의 문학은 진짜배기 문학의 당당함을 증거하고 있다. 그 당당함은 오로지 삶과 맞장 뜨는 문학만이 보여줄 수 있는 당당함이며, 솔직함과 정직의 태도로 작품을 쓰려는 작가가 보여줄 수 있는 당당함이다. 공선옥 문학의 거친 활력과 활기는 참으로 아름다운 매력이다.

양진오

embracing all the processes of displacement, wandering, and reconstruction.

Kim Hun

Gong Sun-ok's literature is not decorated with sensual adjectives or adverbs. Her style is not metaphorical. Her style boldly dives into the heart of the matter through coarse, vernacular language, ease of speech, and humor. Gong's characters do not belong to the "*missy* race" that sits leisurely in cafés, propping their faces in their palms and listening to classical music to quench some abstract sense of hunger. Instead, Gong's characters take care of children that have been deserted by their husbands. They drink or become suddenly angry. Gong's novels remind us not of processed gems, but of raw gemstones. Her novels speak in a natural human voice that goes straight to our hearts, the voice of a woman writer who lives a real life. [...] In today's world, where a literature of refined poses and sophisticated artistry seems to be becoming increasingly prevalent, Gong's works testify to the dignity of real literature. That dignity is what only literature confronting real life issues can possess and only a writer of real honesty can show.

논술강사로 함께 돈을 모아 안정된 중산층에 편입되기를 소망했으나, 느닷없이 "자신이 꿈꾸던 세상은 이런 세상이 아니"라며 자신의 계획을 짓밟은 연인이 조선족 여자와 노인에게 겹치면서, 나는 현실을 직시하기보다 판타지 속에 사는 여자와 노인의 존재가 불편하고 부담스럽다. 그러나 이 남루한 자들의 환상이 광포한 역사, 비뚤어진 현실로부터 연원한 것이며, 왜소한 이 환상의 존재들이 체제와 이념, 국가와 자본이 뒤얽힌 거친 역사/현실이 생채기 낸 상처받은 자들임을 나는 결국 깨닫게 된다. 기억에서조차 달아나고 싶었으나 내가 끝내 이들을 지울 수 없는 것은 그들이 "내가 알아먹는 소리"로 말하는 '동포'나 '민족'이기 때문이 아니라, 나를 향해 자신의 고통과 슬픔을 호소해오는 추방당한 난민이기 때문일 것이다.

김경연

The rough vitality and liveliness of Gong's literature shines with true beauty and charm.

Yang Jin-o

As the image of the narrator's lover (who'd stamped on their future plans of a middle class life together: "This wasn't the kind of the world he'd dreamed of") overlaps with the lives of the Chinese-Korean woman and the old man, the narrator begins to feel distinctly uncomfortable around them. She feels burdened by their willful decision to pursue fantasies rather than live in reality. Eventually, though, the narrator realizes that the fantasies of these tattered lives around her originate from the madness of history and a distorted reality, that the people nurturing these fantasies have been wounded by a history and reality entangled within the systems of ideology, the state, and capital. Although the narrator initially wants to flee from her memories, she could not forget the people she happened to meet during her travels, not because they belonged to the same race or nation or spoke the same language, but because they were displaced refugees who appealed to her with their shared pains and sorrows.

Kim Gyeong-yeon

공선옥

공선옥은 1963년 전남 곡성에서 가난한 농부의 둘째 딸로 태어났다. 가정형편이 어려웠던 유년시절, 가난에 허덕이면서도 글에 목말라 있던 그녀는 이런저런 이야기를 노트에 쓰기도 했고, 벽지로 발라놓은 신문이며 누에를 키우기 위해 가져온 헌 신문지를 샅샅이 읽기도 했다. 그 시절 아버지는 빚에 쫓겨 밖으로 나돌고, 몸이 불편한 어머니를 대신해 세 자매가 생존을 위해 뛰어야 했던 상황에서, 공선옥은 "같은 연배 또래들이라고 해서 같은 시대를 사는 것은 아님"을 깨달았다고 한다. 일손이 부족해서 어린 나이부터 논이나 밭에서 일해야 했고 상급 학교 진학도 어려운 형편이었다. 1970년대 새마을운동은 그녀에게 고향이 사라진다는 것을 눈으로 체험하는 계기가 되었다. 5·18 당시 공선옥은 전남대 구내에 있던 사대부고 1학년생이었다. 당시 자취를 하고 있었던 공선옥은 포위를 당해 먹을 것이 없게 되자 굶주림을 면하기 위해 시민군 진영에 들어가게 된다. 청소년기 경험한 고향의 상실과 5·18 민주화운동은 그

Gong Sun-ok

Gong Sun-ok was born as the second daughter of a poor farming family in Gokseong, Jeollanam-do in 1963. Throughout her poverty-stricken childhood, Gong, thirsty for literature and any form of creative outlet, wrote a range of stories in her notebooks and devoured newspapers used in wallpapering and silk-farming. She later wrote that she realized then—as her three sisters toiled in lieu of their father, their mother perpetually ill, and the lot of them constantly hiding from debt collectors—that "people who belong to the same age group still may not necessarily live in the same period."

Gong had to work in the field and rice paddies since early childhood and could barely afford her middle and high school education. Due to the government-led New Village Movement during the 1970s, she witnessed the disappearance of her home village firsthand. During the Gwangju Uprising in 1980, Gong, a freshman at the Chonnam University Teacher's College attached high school, joined the civilian army in order to survive the

녀의 인생에서 치명적 상처로 남는다. 1983년 전남대학교 국문학과에 입학하지만, 가계가 몰락하자 공선옥은 빚을 갚기 위해 대학을 중퇴하고 서울로 올라가 고속버스 안내양 생활을 시작으로, 구로공단 노동자로 살게 된다. 그 사이 결혼도 하지만 사는 것은 힘들었고, 그런 공선옥에게 글 쓰는 것은 하나의 위안이었다. 1991년 《창작과비평》 겨울호에 중편 「씨앗불」을 발표하며 공선옥은 등단한다. 광주 사태 이후에도 세상이 아무런 문제없이 너무나 평화롭게 흘러가는 것에 대해 공선옥은 문제의식을 느꼈다고 한다. 그것이 소설인지도 모르고 지나온 삶과 세상에 대한 이야기를 노트에 적어 내려갔고, 다 쓰고 보니 사람들이 그것을 소설이라고 말해주었고, 어찌어찌 하다 보니 소설가로 등단하게 되었다고, 공선옥은 당시를 회고한다. 공선옥은 이후 「목마른 계절」 「우리 생애의 꽃」 「명랑한 밤길」 등 개성 있는 작품을 잇따라 발표하며, 여성들의 끈질긴 생명력과 모성을 생동감 넘치는 언어로 표현한다는 평가를 받는다. 1992년 여성신문문학상, 1995년 제13회 신동엽창작기금, 2004년 제36회 오늘의 젊은 예술가상, 2005년 제2회 올해의 예술상 문학 부문, 2008년 백신애문학상,

siege. These two events—the loss of her hometown and the Gwangju Uprising—became, and remain to this day, the defining traumas in her life.

Although Gong entered Chonnam University Department of Korean Language and Literature in 1983, she had to drop out later due to her father's bankruptcy that year. She moved to Seoul to begin working, starting her employment as an express bus conductor and moving on to a low-level factory laborer at the Guro Industrial Complex. She married during this period as well, but her life remained difficult. Writing became her way of relieving her considerable stress.

She made her literary debut in 1991 when her novella *Seed Flame* was published in the winter issue of *The Quarterly Changbi*. At the time, she felt deeply hurt by the fact that the world had moved on so peacefully after the Gwangju Uprising. Without intending to write fiction, she wrote the stories of her life and her thoughts in her notebook, most of which was later published as fiction. Her novels include "Thirsty Season," "Blooming Times," and "Cheerful Walk at Night," novels considered to embody the enduring vitality and maternity of women through the liveliness of Gong's language. She has

2009년 한국가톨릭문학상과 제17회 오영수문학상 등
을 수상하였다.

received the 1992 *The Women News* Literary Award, the 1995 Shin Dong-yeop Creative Writing Fund, the 2004 Today's Young Writer Award, the 2005 Artist of the Year Award in Literature, the 2008 Baek Sin-ae Literary Award, the 2009 Korean Catholic Literary Award, and the Oh Yeong-su Literary Award(2009).

번역 **전승희** Translated by Jeon Seung-hee

전승희는 서울대학교와 하버드대학교에서 영문학과 비교문학으로 박사 학위를 받았으며, 현재 하버드대학교 한국학 연구소의 연구원으로 재직하며 아시아 문예 계간지 《ASIA》 편집위원으로 활동 중이다. 현대 한국문학 및 세계문학을 다룬 논문을 다수 발표했으며, 바흐친의『장편소설과 민중언어』, 제인 오스틴의『오만과 편견』 등을 공역했다. 1988년 한국여성연구소의 창립과 《여성과 사회》의 창간에 참여했고, 2002년부터 보스턴 지역 피학대 여성을 위한 단체인 '트랜지션하우스' 운영에 참여해 왔다. 2006년 하버드대학교 한국학 연구소에서 '한국 현대사와 기억'을 주제로 한 워크숍을 주관했다.

Jeon Seung-hee is a member of the Editorial Board of *ASIA*, and a Fellow at the Korea Institute, Harvard University. She received a Ph.D. in English Literature from Seoul National University and a Ph.D. in Comparative Literature from Harvard University. She has presented and published numerous papers on modern Korean and world literature. She is also a co-translator of Mikhail Bakhtin's *Novel and the People's Culture* and Jane Austen's *Pride and Prejudice*. She is a founding member of the Korean Women's Studies Institute and of the biannual Women's Studies' journal *Women and Society* (1988), and she has been working at 'Transition House,' the first and oldest shelter for battered women in New England. She organized a workshop entitled "The Politics of Memory in Modern Korea" at the Korea Institute, Harvard University, in 2006. She also served as an advising committee member for the Asia-Africa Literature Festival in 2007 and for the POSCO Asian Literature Forum in 2008.

감수 **데이비드 윌리엄 홍** Edited by David William Hong

데이비드 윌리엄 홍은 미국 일리노이주 시카고에서 태어났다. 일리노이대학교에서 영문학을, 뉴욕대학교에서 영어교육을 공부했다. 지난 2년간 서울에 거주하면서 처음으로 한국인과 아시아계 미국인 문학에 깊이 몰두할 기회를 가졌다. 현재 뉴욕에서 거주하며 강의와 저술 활동을 한다.

David William Hong was born in 1986 in Chicago, Illinois. He studied English Literature at the University of Illinois and English Education at New York University. For the past two years, he lived in Seoul, South Korea, where he was able to immerse himself in Korean and Asian-American literature for the first time. Currently, he lives in New York City, teaching and writing.

바이링궐 에디션 한국 대표 소설 047
상하이에 두고 온 사람들

2014년 3월 7일 초판 1쇄 인쇄 | 2014년 3월 14일 초판 1쇄 발행

지은이 공선옥 | 옮긴이 전승희 | 펴낸이 김재범
감수 데이비드 윌리엄 홍 | 기획 정은경, 전성태, 이경재
편집 정수인, 이은혜 | 관리 박신영 | 디자인 이춘희
펴낸곳 (주)아시아 | 출판등록 2006년 1월 27일 제406-2006-000004호
주소 서울특별시 동작구 서달로 161-1(흑석동 100-16)
전화 02.821.5055 | 팩스 02.821.5057 | 홈페이지 www.bookasia.org
ISBN 979-11-5662-002-0 (set) | 979-11-5662-004-4 (04810)
값은 뒤표지에 있습니다.

Bi-lingual Edition Modern Korean Literature 047
People I Left in Shanghai

Written by Gong Sun-ok | **Translated by** Jeon Seung-hee
Published by Asia Publishers | 161-1, Seodal-ro, Dongjak-gu, Seoul, Korea
Homepage Address www.bookasia.org | **Tel**. (822).821.5055 | **Fax**. (822).821.5057
First published in Korea by Asia Publishers 2014
ISBN 979-11-5662-002-0 (set) | 979-11-5662-004-4 (04810)

〈바이링궐 에디션 한국 대표 소설〉 작품 목록(1~45)

도서출판 아시아는 지난 반세기 동안 한국에서 나온 가장 중요하고 첨예한 문제의식을 가진 작가들의 작품들을 선별하여 총 105권의 시리즈를 기획하였다. 하버드 한국학 연구원 및 세계 각국의 우수한 번역진들이 참여하여 외국인들이 읽어도 어색함이 느껴지지 않는 손색없는 번역으로 인정받았다. 이 시리즈는 세계인들에게 문학 한류의 지속적인 힘과 가능성을 입증하는 전집이 될 것이다.

바이링궐 에디션 한국 대표 소설 set 1

분단 Division

01 병신과 머저리-**이청준** The Wounded-Yi Cheong-jun

02 어둠의 혼-**김원일** Soul of Darkness-Kim Won-il

03 순이삼촌-**현기영** Sun-i Samch'on-Hyun Ki-young

04 엄마의 말뚝 1-**박완서** Mother's Stake I-Park Wan-suh

05 유형의 땅-**조정래** The Land of the Banished-Jo Jung-rae

산업화 Industrialization

06 무진기행-**김승옥** Record of a Journey to Mujin-Kim Seung-ok

07 삼포 가는 길-**황석영** The Road to Sampo-Hwang Sok-yong

08 아홉 켤레의 구두로 남은 사내-**윤흥길** The Man Who Was Left as Nine Pairs of Shoes-Yun Heung-gil

09 돌아온 우리의 친구-**신상웅** Our Friend's Homecoming-Shin Sang-ung

10 원미동 시인-**양귀자** The Poet of Wŏnmi-dong-Yang Kwi-ja

여성 Women

11 중국인 거리-**오정희** Chinatown-Oh Jung-hee

12 풍금이 있던 자리-**신경숙** The Place Where the Harmonium Was-Shin Kyung-sook

13 하나코는 없다-**최윤** The Last of Hanak'o-Ch'oe Yun

14 인간에 대한 예의-**공지영** Human Decency-Gong Ji-young

15 빈처-**은희경** Poor Man's Wife-Eun Hee-kyung

바이링궐 에디션 한국 대표 소설 set 2

자유 Liberty

16 필론의 돼지-**이문열** Pilon's Pig-Yi Mun-yol

17 슬로우 불릿-**이대환** Slow Bullet-Lee Dae-hwan

18 직선과 독가스-**임철우** Straight Lines and Poison Gas-Lim Chul-woo

19 깃발-**홍희담** The Flag-Hong Hee-dam

20 새벽 출정-**방현석** Off to Battle at Dawn-Bang Hyeon-seok

바이링궐 에디션 한국 대표 소설 set 3